아들은 지금 출장 중이다

아들은 지금 출장 중이다

초판인쇄 ㅣ 2021년 5월 10일   **초판발행** ㅣ 2021년 5월 20일
지은이 ㅣ 김화자   **주간** ㅣ 배재경   **펴낸이** ㅣ 배재도   **펴낸곳** ㅣ 도서출판 작가마을
등 록 ㅣ 2002년 8월 29일(제 2002-000012호)
주 소 ㅣ 부산광역시 중구 대청로 141번길 15-1 대륙빌딩 301호
T. 051)248-4145, 2598   F. 051)248-0723   E. seepoet@hanmail.net

ISBN 979-11-5606-168-7 03810   ₩10,000

작가마을 시인선 43

아들은 지금 출장 중이다

김화자 시집

도서출판
작가마을

벚꽃

낙화를 위해 피어난 꽃인 듯
겨우 2-3 일
온 동네 환희의 웃음이었다가
절정의 순간
바람에 화르르
핑그르르

꽃잎 발밑에 쌓이고
나무 가지들
초록 새싹 이내 숭숭
순환의 시간

벚꽃뿐이랴
모두가 느린 듯
바쁘게 스쳐 지나간다

나무를 바라보며 생각하자

2021. 봄.

김화자 시집

작가마을 시인선 43

차례

아들은 지금 출장 중이다

제2부

우
리
동
네
반
바
퀴

김화자 시집

작가마을 시인선 43

차례

제3부

서늘히 붉게

아들은 지금 출장 중이다

제4부

죽
어
서

말
하
네

아들은 지금
출장 중이다 김화자 시집·작가마을 시인선43

제1부

아들은 출장 중

겨울과 봄 사이

오래 갈증 난 도시
추적추적 빗물 내리신다

지상의 먼지들 다 씻어내고
온천천으로 스며들더니
하루 밤 사이 쾌청 맑은 물 출렁
숨 한번 크게 쉰다

연일 후려치는 한파특보에도
벗은 가지 맺힌
흰 매화가 활짝 인데
한해가 넘도록 활개만 치는 코로나19
불쑥불쑥 쏟아져 나오는 이 징그러움

어쩌랴 조심조심 또 조심
언젠가는 밝은 날 웃을 수 있으리

봄소식

연못가에 서서
물속을 들여다본다
하얀 돌덩이 찬찬히 지켜보니
몸통보다 꼬리가 긴
도룡용 새끼
짧은 다리 엉금엉금 기어 나오다가
물속에 툭
또 한 마리 기어 나온다

차도 사람도 텅 비어버린 큰 거리
보도블럭 한 귀퉁이 사이
사이, 민들레 담뿍
쓰다듬어 주고 싶다

봄을 사다

꽉 쥐면 한 주먹 될까
겨우 눈 뜬 쑥이며 냉이 달래
서너 무더기 무릎 앞에 펼쳐놓고
비좁도록 쪼그리고 앉은 할머니들 앞을 지나
등 떠밀리며 들어서는 노포동 오일장
햇빛 가린 차양 펼쳐놓고 없는 것 없다

어느 해 여름 복날
생닭 한 마리 사 왔던 가축 장
구제역 여파인지 그 자리 차양 밑엔
간이 의자 줄줄이 먹 거리 장터
구수한 냄새 풀어놓고 삼삼오오 이야기꽃이 피네

한 바퀴 삥 돌아 잔 파 한 묶음
봄 향기 상긋한 냉이 두 무더기
돌아서는 가방 속엔 얌전히 잠이 든
야생화 노루귀 어린 생명 하나
이파리 빼어 물고 꼼지락 봄꿈 꾸고 있으리

하나 되기

앞산 편백나무 숲속 가지치기 하는 날
진한 나무향기에 산이 잠기네

앞으로 옆으로 뻗은 제 몸 내어주며
풀어내는 향내
안으로 들이쉰다

나무가 내어놓은 숨결
내가 들이 쉬고
내 속을 돌아 걸러 나오는 탁한 숨
나무에게로 가는 회전의 한 몸

나무 속에 내가 있고
내 속에 나무의 숨결 있다

나무가 펼쳐놓은 그늘 밑을 걸어
별무늬로 오려진 하늘을 보네
푸른 냇물을 보네

밤마다 하늘과 소통하며

햇살 한 올씩 뽑아 내리는 숲속
아픔마저 제 속 무늬로 새겨놓은 나무
한없이 충전하네

세월

낙엽 다 떨어지고
며칠 전
새 달력 걸었다 싶은데
정월 가고 이월
오늘 2월 28일 마지막 주일

바람이 세월 또한 날려버리는지
성벽 담벼락 밑엔 벌써
매화가 낙화로 애처롭고

코로나로 어렵다
어렵다 아우성인데
날짜는 왜 이렇게 빨리 가는지
손님 끊어진 가계 집세 낼 날만
눈 깜짝 또 닥치고
모든 것은 그대로 깜깜인데
계절만 가네 달려 가네

빈곤 속의 풍요

가을 날 삼락동 생태공원
그득하게 출렁이던 갈대무리 생각에
다시 찾아드니
갈대도 흉년인가 듬성듬성
고개 숙인 무리들 스산하다

물가에 서 있는 물새 한 마리
먼 하늘 바라보는데
제 몸집보다 작은 이름 모를 노랑꽃 위
시간 가는 줄도 모르고
찰싹 붙어있는 호랑나비
카메라에 담다가
얼보이던 코스모스 쫓았는데
그도 띄엄띄엄
그만 잃어버린 교통카드
내가 가야할 길만 차압당했다

밤이 지나고
빛살 속에 둘러보는 이웃 담장 가
아름아름 코스모스 미소를 주네

사랑

막내가 내 옷을 사 줬다
제 앞에 세워놓고 이리 보고 저리 보고
가계마다 둘러보고 세우는데
거울 앞에 자꾸만
딸의 얼굴 비춰진다

아직도 내겐 그저
막둥이로 밖에 보이지 않는데
물결 흘러 어느새 대학 졸업생을 둔 엄마
챙겨주는 손
이제는 만사가 마음 놓인다

붕어빵

늦은 겨울 밤
따끈한 붕어 네 마리
품고 온다
새빨간 아가미 벌렁벌렁
꼬리 팔딱이다 내려앉은 비릿한
붕어망태 당신이 지고 온다

첫 아이 콧물 빼어 물고
찰흙으로 정신없이 빚어대던
월척의 붕어
상패 목에 걸고 온다

바람 부는 겨울 밤
형광등 불빛 아래 붕어 네 마리
한 생애가 다 가도
방안 가득
호포 푸른 강물 출렁이네

낯선 길을 걷다

옛날 새벽 산에서 운동할 때
시간이 늦었다 싶으면
길 잘 닦인 수월한 길을 두고
가파르고 외진 길 바쁘게 질러가며
오르내렸던 산 길

십 년도 훨씬 넘어 올라보니
번듯했던 양반가의 묘지도 사라지고
산모롱이 돌아가는 길에
두툼한 메트가 깔려있는 낯선 길을
한 중년 여인이 걸어 나온다
나도 걸어 가본다

산모롱이를 돌아보니 길은 없고
울퉁불퉁 높은 돌계단을 메트로 덮어
반대 반향으로 내려가게 만들어 놨다
계단 옆엔 정자도 아니고 신식 쉼터인지
지붕 덮힌 편편한 시멘트 바닥에
시멘트로 만든 긴 의자들

아－하 서동으로 가는 길 위에
햇볕 가려진 산비탈에 다닥다닥 붙어있던 집 몇 채
양계장이 있던 동네
몇 번 닭 사러 갔던 동네

사람도 집도 사라지고
오목조목 작은 묘목이며 꽃밭들
도로변에선 잘 보이지 않지만
머리 위 산길을 걷다보면
아래로 가파른 언덕에 펄럭거리던 흰 깃발 두 개
궁금했던 자리 이제야 풀렸네

눈도장

하늘이 푹 내려앉더니
반가워라 백설의 손님
휘휘 날리시며 오시네

천지가 눈 속에 갇혔어도 여긴 부산
먼 산만 보이더니
3월 중순 이제야 첫눈
삽시간에 교실 지붕이 백설이다

지난 해 눈 올 때도
우산 챙겨 곳곳마다
발 도장 찍으면서 즐겼는데
오늘은 입만 벙긋 눈도장만 찍는다

하늘 끝이 맑아진다 싶더니
오후엔 햇살이 쨍쨍
갈증 난 마음 녹이시고
이내 길 닦으시는 하나님
바라만 보는
황혼의 눈빛도 감사하다

지극히 낮은 곳에서

어렵지 않은 악보 하나 외우려고
어제 열 번 열두 번 습작해서 익혔는데
이 새벽
다시 쓰니 두 곳이나 틀렸다
다시 쓰기
열두 번 안되면 스무 두 번
눈 감고도 볼 수 있도록 반복하기

세월의 깊이도 갈잎
탓하면 무얼 해
그래도 아직은 반듯하게 걷고 있잖아

어려운 곡조 말고
손자손녀 앞세우고
할머니 할아버지 다 함께 부르는
낮은 동심의 노래
머리에 손가락에 입력시켜보자
생각을 바꾸자

뮤지컬

노을빛이 찬란한 저녁
읍성에 올라서니
서걱거리는 바람소리 뒹구는 낙엽 사이로
일어서는 동래성 전투 재현의 뮤지컬

물밀 듯이 밀려오는
검은 왜군의 총부리 앞에
오직 송상현 부사 한 분을 주축으로
남녀노소 모두가 하나 되어
총칼 한 자루 없이 괭이 호미자루 돌멩이를 끌어안고
일어선 읍성 민들

모두가 피 흘리며
끝내는 다 쓰러져 잠든 성벽 밑

해마다 일깨우는 동래읍성 축제 속의 뮤지컬
짓밟힌 잔디 속에 배어진 슬픈 민족의 아픔
세월 따라 흐려져 가겠지만
가끔씩은 이때의 일들 일깨워 주리라

신선한 탈출

계속되는 연장된 거리두기에다
열흘 넘게 이어지는 한파특보가
부추기는 방콕에서 탈출
오후 한 때 걸어보는 온천천

흐르는 맑은 물가 건너편 돌무더기 위로
두툼하게 솟아오른 긴 어름 띠
오 반갑다

곳곳마다 쏟아지는 눈꽃조차 무소식인 이곳
콘크리트 이어진 천장 틈새의 긴 고드름 둘
하하 고드름까지

지하철 명륜동 동래 역을 지나 교대 역
한 지붕 아래 두 살림을 차린
북적이는 동해 역을 돌아보며
쿵쾅거리는 세병교를 돌아서 오는 길
먼 날의 진한 걸음들이
팔을 걷어붙이며 달려온다

휘파람

아무리 찾아 봐도
녹음기를 달고 있는 나무는 없다
조잘대는 새도 없는데

다시 공원언덕을 오르는데
우두커니 서서 등만 보이던 할아버지
돌아서며 부는 휘파람
새들의 성대모사

곤줄박이 한 마리
사푼히 할아버지 손바닥에 앉아 모이를 쫀다

곤줄박이는 날아가고
또 한 마리 새가 앉았다

숲속 길 돌고 돌아
공원귀퉁이 돌계단을 내려오는데
할아버지 휘파람소리 들려온다
오랜 삶을 삭힌 휘파람 소리

황혼 길도 가볍게

바람 부는 해지는 저녁
기다려주는 사람 없어도
헝클어진 머리 쓸며
종종 걸음으로 찾아드는 나의 보금자리

현관문 열면 스스로 환해지는 불빛
바람소리조차 아득해지는 먼 이야기
등 붙일 수 있음이 행복이다

때로는 처진 어깨 기댈 곳 없어 허전해도
모든 일 마음먹기에 달린 것
스스로 부축이며 긍정의 길로 또닥이면
아직은 내 손길도 쓰일 때가 있을 것
한껏 위로하며 걸어가니
황혼 길도 아름다울 수 있네

그날

퇴원한 며칠 뒤
늦은 가을 햇살 한 올처럼
우리 집 대문 계단을 올라 왔었지

높은 천장 위
건너 방 앞에 서서 찬찬히 방안을 둘러보고
우두커니 창밖을 내다보고 섰다가
계단을 내려갔었다
걸어가던 뒷모습이 유난히 쓸쓸해 보였던 그날

며칠 후 첫 새벽
바늘에 찔림처럼 파고드는
전율의 전화벨 소리

생살을 째며 벚꽃은 피어나는데
하얗게 피어서 눈웃음치는데
꽃잎 피어나는 가로수 길을
너는 눈 감고 간다

착하고 마음 여림의 너

산자를 위해 차곡차곡
하얗고 뽀송하게 다독거린 자리

그날 너는 예감 했을까
꽃피는 길에 눈 딱 감고 누워서 간다

가족 나들이

따가운 봄날 휴일
아비가 캔 쑥으로 절편 만들어
듬성듬성 취나물 뜯으며
아들 딸 올라간다

이 모롱이만 돌면 보이리라 고개 들면 아니고
또 아닌 높고 먼 곳
나 혼자서는 절대로 오지 못할 선산
드디어 오르니
사방 툭 트인 아늑한 가족 산소

함부로 터뜨릴 수 없이 울적한 날
아이들 나름으로 찾아온다는 이 곳
나도 모르게 세워진
당신 옆의 나의 가묘
물끄러미 내려다본다

해와 나무와 바람뿐인 이 곳
오늘은 고사리

자주 빛 고운 할미꽃도 무더기로 피어있다

이 봄은 당신 외롭지 않겠네

감사 기도

흐린 날
가계에 들어가면서
턱이 진 바닥을 보지 못해
사정없이 가계 안으로 넘어졌다

소리 하나 들리지 않는 가계
키대로 엎드린 채 앞이 캄캄
욱신거리는 무릎 천천히 일어서 본다
됐다
상처 쳐다볼 용기도 없어
뒹굴어진 가방을 주워
한 발 한 발 천천히 걸음을 떼며
제발 무사히 집까지 갈 수 있기를

현관문을 여니 안도의 숨이 푹
감사 또 감사하면서 상처를 보니
무릎 뼈가 쿠욱
피가 삐죽 주위가 두둑하다
상처에 안티프라민 듬뿍 씌우고 묶어
아침에 눈을 뜨니

별 이상이 없다
정말 정말로 감사드린다.

소금 알갱이의 효력

뭐였지?
설탕은 당연히 넣지 않았는데
다시 떼어 씹어본다
혀를 굴려 씹다가
아하 소금 알갱이 몇 알

단단한 단호박 껍질 벗겨
채칼로 긁어 버무린 반죽에다
소금 조금 넣어
작은 호떡처럼 하나 씩 구워 준 것이
이렇게 단맛을 더 해 주다니

할머니
매일 먹어도 맛있어요.
오물오물 반들거리는 손녀의 입술
내려다보니 미소가 절로 난다

제2부

우리 동네 반 바퀴

우리 동네 반 바퀴

비 그친 오후
우리 동네 마안산 동래읍성을 천천히 오르다
성 밑 편백나무 우거진 오솔길 걷다 벗어 난
외길 성벽 아래 무더기 매화나무들
며칠사이 곱게 피었다가 휘날리고 있다
성문을 지나 성벽을 끼고 다시 돌아 오르니
비에 씻긴 서장대가 깔끔하다
듬성듬성 흰 매화 사이 홍매화 한 그루 꽃 호화롭다

해마다 읍성축제가 벌어지는 빈 장터마당을 지나
양옆 수문장 지키고 선 성문 앞 오른 편
하늘의 천체를 살피는 장영실 과학동산을 끼고
동래 역사 길을 내려가 3.1 만세운동 힘차게 외치던
동래시장 농협에 들러 통장정리

시가지를 질러 메가마트에서 가벼운 물품 2개 구입
맑은 물이 흐르는 온천천을 걸어 공사 중인 아파트 건축
물이며
롯데백화점도 흘깃거리며 온천장 다리까지 걸어왔다
비록 마스크를 했어도
혼자서 2시간 산책을 할 수 있음이 감사하다

쾌청

얼마만인가
해가 솟네

나무와 나무 사이
비스듬히 해가 꽂이네
저 멀리 오륙도가 담뿍

안녕하세요
반갑습니다

아침 숲속에서 마주치는 이들
내가 먼저 인사하기
되네
미소 짓는 눈빛
마음에 담기네

들풀

그때 너는
언덕 위에 이슬방울 머금은 들풀이었다

아침 햇살에 반짝거리는 눈
온통 찬란한 구슬방울이었지

밟히면 밟히는 대로 숨죽였다가
비 오는 날 온몸 상처 씻겨 내리며
흐르는 물소리 따라
땅속 깊이 뿌리 뻗어 내렸었지

날이 새면 산새소리
밤이면 하늘의 별들 속삭임에
가는 잎줄기 돋아나고
눈비바람 몰아쳐도
고개 숙여 납작 엎드렸다가
어둔 밤 조용히 하늘 올려다보면
변함없이 별들의 속삭임에
희망을 가졌던 들풀이었다

어느 날의 일기

식전부터 폭염 예보
오늘은 방콕이다 생각하며
초고추장에 버무린 벌건 도라지로
아침을 먹는데

더덕
뱉어보니 뭉뚱그려 덧씌워진 이빨 두 개
홀랑 벗겨졌다
후벼 파고 깎아내고
뿌리와 이빨 겨우 한 귀퉁이 남겨둔 채
우물우물 점심 먹고 나니

오래 존경 받아오신 분의 영면 소식
장례식장에 갔다가
푸석한 머리
미장원에 들러 나오는데 전화 벨소리

형님 지한이 장가 가요
경사 났네, 경사 났어
막내동서 노총각 장가간단다.

산책

하던 일 펼쳐두고 온천천 걷는다
오전보다 날씨가 따뜻해 그런지
마스크를 착용한 무표정의 얼굴들 제법이다

명륜 지하철 4번 출구 다리 건너
새로이 눈에 띄는 홍태웅 명리 연구소
활자를 보면서 동래역을 향하고
세병교 가까이 국제신문사 건물을 보면서
그래 오늘 한 번 가보자

삐걱거리는 임시 가교를 돌아 온천천을 건너
교대역 입구에서 오르는 길
양쪽 눈여겨봐도 모두가 낯선 가계들
눈이 익은 것은 아무것도 없이
교육대학 정문까지 올라 뒤돌아보고
연수를 마치고 교문과 교대역 중간 쯤
식당 2층에서 수업을 받던 자리
돌아보니 참으로 소중했던 그 시간
생각에 젖는다.

쑥 절편

아비가 장산에서 캔 쑥으로
만들어 온 새파란 쑥절편
쫄깃쫄깃 맛있다
당신처럼 참기름 발라 또 한 조각
또 손이 간다

당신이 제일 좋아했던 떡
해마다 봄이면 두어 번씩 만들어
냉동실에 두고 먹던 음식
어느 늦은 봄 당신과 장안사 입구 외진 길에
흐드러지게 너풀거리던 쑥
모가지만 뚝뚝 잘라 푸짐하게 떡 만들었지요

이제는 식구대로 좋아하는 음식
혼자 앉아 이렇게 먹고 있다니

돌아오는 토요일
또 절편 만들어 아이들하고 당신 보러가는 날
띄엄띄엄 잠 속에 말없이 왔다가는 당신
지난해 봄

햇살 속에 고사리 할미꽃
고개 숙여 내려다보고 있던
당신의 거처 눈에 선하다

대학 초년생

할머니 왜요?
예쁘다고
배시시 제방으로 쏙

어려운 입시생활 벗어 난
대학 초년생
동거 석 달이 지나니
어질러진 자리도 무관심
자신이 하는 일에 몰두하는 손녀를 보며
60여년 세월의 벽이 무너진다

복잡하고 다난한 시대
옳고 그름은 상황에 따라 변하는 것
바른 정신 속에 적성에 맞는 일을 찾아
풍성하게 삶을 이어 갈 수 있는
젊은이가 되어주길 바라는 할미
들떴다가 이제는 차분히
제자리를 찾아
시간에 쪼들리지 않게 토 일요일
단 몇 시간이나마 알바를 하는 손녀를 보고

돈은 어디에 쓰려고

모르겠어요. 통장에 넣어 두었어요. 지금은

아들은 지금 출장 중이다

어쩔 것인가
봉투 하나를 내밀었더니
넣어 두이소
내일 아침 일찍부터 아파트 공사장에 갑니다
차라리 직원을 내 보내지
그런다고 될 일은 아닙니다

예고 없는 코로나19
순식간에 날개를 달고
사무실은 완전 폐업 상태

다행히 등산으로 단련된 몸이라지만
최고의 한파가 몰아치는 입춘 날
처음으로 나가는 어려운 일터
무거운 짐에 눌려 비틀거릴 것만 같은 걸음이
자꾸만 눈에 밟히는 긴 날
일주일 지나고 이주일 째
공장도 가계도 모두가 마비된
격리 속 마스크의 행렬

그래 아들은 지금
가려진 태양을 찾아
성큼성큼 어두운 터널을 걸어
출장 중이다

여백의 자리

이 새벽하늘 밭에는
쫑긋거리는 별 셋
대여섯 발자국 곁에
한가위 보름달이
벌써 쪽박을 띄웠네

솜털 같은 뭉게구름 둥실
상큼하고 서늘한 하늘 밭
차표도 입장권도 필요 없이
바라보기만 하는 광활한 하늘
머릿속에 꿈틀거리는 태동의 몸짓들
그려도 보고
불현 듯 터지는 생각들
내려 받아 쓰기도 해보는
무진장 여백의 자리

바람의 풍경

금강공원에 산책 갔다가
케이블카 매표소 알림표에 끌려
얼결에 올라탔다

전선 하나에 매달려
우거진 소나무 숲을 스쳐 오르고
붉은 단풍나무를 올라
산 종착지에 내리니
하늘 밑에 온갖 사물들 모두
발아래 서 있는 모습에
가슴이 탁
절로 입이 벌어진다

지난해 봄만 해도
사방 돌아봤을 산
허리 다친 것에 위축되어
남문 입구 휴정암 언저리를 돌지만
덕분에 다 비워진 홀가분한 이 편안함
사그락 휘날리는 낙엽들 바람의 풍경
나도 바람 따라 떠간다

아마도

그때 기다림은 밥이었다
마루 끝에 앉아
별을 보며
기다리던 어머니
월사금 주머니였고
소풍갈 때 빵과 사탕 주머니였다

그 사람 기다리고
아이들 기다림의 긴긴 날들
이제는 다 지난줄 알았는데
가슴 속 고픔의 끈

아마도 기다림은
눈 감을 때까지 나를 일깨우는
나의 영영 친구인가 보다

오른 손이 하는 일

어제 그저께 사이
누군가 가파른 길
계단을 만들었네

인가도 없는 산길
괭이 한 자루 메고 와서
다져진 땅 콕콕
한 골씩 찍어 파셨겠네

발바닥 힘주어 아장거리며
조심조심 내려가던 자리
수월하네

오른 손이 하는 일
왼손이 모르게 하셨네

기분 좋은 날

더위에 오전 일찍 세금 내고
시장 통에 들어서니 탱글탱글한 수박 가득 실은 트럭
3천원부터라는 가격표를 보며
3천원이면 내가 부담 없이 가져갈 수 있고
먹기도 좋겠다 싶어 하나 달랬더니
아이구머니 세상에
완전히 빗나간 생각 내 얼굴 머리 통 털어
하나 반도 더 될 수박을 땅에 내려놓은 아저씨
차마 도로 올려놓으시라는 말 못하고 가져오면서
얼마나 혼이 났던지

잘 다니는 길 세 번이나 쉬면서 겨우 도착한 아파트 관리실
집에 와서 핸드카와 칼과 쟁반을 챙겨 관리실에 가서
칼로 수박을 주욱 마침 땀 흘리시며 들어서는 택배원부터
한 조각 또 한 조각
듬뿍 썰어 직원들 앞에 두고 반쪽은 싣고 왔다
순간 나의 수고는 깡그리 다 날아갔다
수박 아저씨 품삯이나 나왔을까
집에 와서 베어 문 수박 너무 달다
남은 수박은 내일 토요일 아이들 몫까지 풍성하다

화롯불

달포나 빈 방이었다가
방학 끝나면 당연히 오리라 여겼는데
이제는 집에서 통학한다고 집으로 갔다
돌아보는 빈 방
일시에 허전하다

대들보가 무너지고
어렵게 추스르던 시간 속
난데없이 쑥 들어온 외손녀
겨우 일 학기 4개월 만에
썰물처럼 쑥 빠져버린 외손녀
말은 없어도
착하고 살가운 대학 1년생
대책 없이 들어버린 정
밤새 물무늬 속에 놓이다가
잠들었다 깬 새벽

어차피 제 길 찾아 떠나야 할 아이
날 따독이니
예쁜 우리 손녀
배시시 할미 앞에 앉네

초상화

참 요상한 초상화
그때 처음 마주 했을 때
이게 뭐야
온 이빨 드러내고 웃고 있어도
팔자로 패인 주름이며
명암으로 보이는 연륜
그래도 벽에 걸었더니
시선마다 곁들이는 소리
종이에 꼭꼭 싸서 벽장 속에 가두었다

잡으려 해도 잡혀지지 않는 세월
제 멋대로 돌아 이십 년
종이를 헤쳐 보니 이제야 가슴에 푸욱
눈과 눈이 마주 친다

그 오래전에 막둥이
홀로 긴 날들
나의 길잡이로 미리 준비 했을까
텔레비전 옆에 세워놓고
저렇게 밝은 모습으로 살다가

가볍게 떠나갈 수 있도록
들며 날며 익혀가야지

무조건 버텨내는 일

숨 막히는 뉴스 듣다가
거실 창가에서 부엌까지 일직선으로 걸어본다
스물두 걸음
여기저기 깔린 매트 두 장 큰 카펫 두 장
길게 잇대어 깔아놓고
앞으로 갔다가 돌아서 오고 또 갔다 오는
궁여지책으로 하는 걷기운동

앞산이며 서너 정거장 정도는
걷기운동으로 다져진 다리 속도를 낸다

한번 온 불청객은 몇 달째로
날이 새면 눈덩이로 불거지는 확진자들 아득하다
제발 나가지 말라는 아이들 떠올리며
돌고 또 돌아 올려다보는 시계 한 시간
등도 뜨뜻해졌다

어려운 이 고비 시간 죽이며
기꺼이 내가 할 수 있는 일
느긋한 마음으로 무조건 버텨내는 일이다

유난히 맑은 하늘
내려다보이는 키 큰 수목들
손을 흔들어 준다

섬광 스치듯

그날 밤 하늘
뚫어져라 올려다봐도
별빛조차 처량하기만 했던
가슴 턱턱 막혀버린
대책 없는 어두움
이불 푹 둘러쓰고
눈 감아버린 온 이틀

섬광 스치듯
난데없이 스쳐간 손길

오랜 날
참으로 고된 비탈 길 위의 책가방
단 한번으로 싹 씻어주시고
시치미 뚝 떼신 할아버지 사장님

날이 갈수록
늦었지만 하나 씩
시야를 넓혀가게 해 주신
근엄하시기만 하셨던 분

몇 구비나 세월이 흘러도
삶의 중심에 서 계신다

모닥불

머리에 동맥류 진단을 받고
다시 전문의사 앞에 앉았을 때
나이에 비해 혈관이 튼튼해서
시술할 필요 없이 다시 뇌 사진 찍을 필요도 없고
약도 먹을 필요 없이 그냥 살면 된다는 의사의 확답에
들뜬 상태로 병원을 나서며
신통하게 맞춘 딸의 꿈 이야기를 들으며
울산 대숲과 암각화를 구경하고 돌아오는 길
낳아주어서 고맙습니다

어느 것 하나도 제 마음에 들도록 해준 것 없이
아픔만 안겨 준 딸에게서 받은 이 말
귀가 윙윙 말문이 막혔다

착하고 순하고
말 잘 듣는다는 이유만으로
두 살 터울인 막내를 분신처럼 보살피며
손잡고 다니던 딸

중학생이던 사춘기 때

봇물처럼 터뜨리던 무언의 항변

오랜 시간
무섭도록 자신을 닦달하며
스스로 일어서던 딸

황혼도 지고
어둠속에 누운 밤
메아리로 들여오는 딸의 말
모닥불이 되어준다

별 하나가

불빛에 비치는 나무 밑
의자에 누워서 본다
누워서
벌거벗은 나무를 올려다본다

시린 바람이 얼굴을 쓸고 있는
12월의 끄트머리 새벽
지상의 불빛과 하늘을 잇고 있는
별 하나가
벗은 채로 서서
해 뜨는 아침을 기다리며
떨고 있는 나무 가지 사이에서
따뜻한 눈빛이 되어준다

아들은 아직 출장 중

삼 개월 만에 돌아오겠다던 처음 마음가짐
석 삼 개월이 지나고 일 년이 넘어도
아직 그 빛을 찾지 못 했다

출장 중에 받은 급료
닫혀 진 사무실 임대료
직원 급료 10% 기타 등등
호주머니는 언제나 바닥

혼자서는 어찌할 수 없는 일
암울한 터널 언제쯤 벗어 수 있을까
뾰족한 대안도 없는 세상
황소고집의 아들
언제쯤이면 가려진 태양 찾아
성큼성큼 돌아올 수 있을까
숨죽이며 지켜보고 있다

아들은 지금
출장 중이다

김화자 시집 · 작가마을 시인선43

제3부

서늘히 붉게

먼동이 트기 전

첫 새벽
모처럼 미세먼지 벗겨지고
동쪽하늘 구름 사이로
귀한 별 하나를 본다
그 곁에 또 하나 작은 별
나도 몰래 빙그레
새날
새 아침이 감사하다

서늘히 붉게

마주보고 있네

베어 물면
터질 듯 한입 가득했던
떫은 맛

시나브로 삭혀 진홍의 홍시
먼 여인이여
서늘히 붉게 앉았네

바람소리 탱탱
모서리를 치고 있는 날

야생의 정원

산비탈 하얀 꽃들 오늘도 활짝
눈부시게 빛나는 작은 꽃들 빙그레
나도 빙그레
이름도 모른 채 마주보며 눈 맞춘다

꽃은 제 이름을 알까
제 존재를 알아
손톱만한 꽃이 달랑
소리 낼 듯 웃음을 주네

이제는 들어도 이내 잊어버릴 이름들
애써 알려고도 않은 채
마주보다가 빙그레 돌아선다

순천만 갈대밭

11월의 마지막 날
철새는 점 하나로 날려 보내고
머리 푼 갈대만 첩첩
첩첩

나무다리 위로
불러들인 인파
제 속에 다 집어넣고
저들끼리 머리 건네주는
아득한 갈대밭
하늘하고 눈만 맞추고 있다

옆 지기

새해 첫 새벽 해맞이를 위해
단단히 무장하고 집을 나선다
오랜만에 새벽 산을 오르면서
문득 산이 옆 지기라는 생각이 든다

아이들 다녀가고 오후 혼자 됐을 때
다시 허전해지는 시간
평생 함께 살아왔던 당신과는 차원이 다르지만
딱히 갈 곳 없으면
언제나 올라갈 수 있고
돌다보면 생각을 다져 몸과 마음
바로 세워주는 곳
나에게 묵묵한 옆 지기가 분명하다
산이

4월 19일

눈을 감았더니
줄기도 가지런한
크로바 한 묶음이 손바닥에 놓이고
두 손가락 위에 풀죽은 크로바 한 잎

4.19의 그날
구석구석 웅성거림의 거리
울려 퍼졌던 큰 물결의 함성소리

오늘 4.19
너는 너의 딸을 기대며 병원가고

온갖 생물들이 꿈틀거리며
솟아오르는 계절
기척도 없이 스며들어 불어나는 세포
절대무익의 기생충
담담히 제거할거야

하얀 시트 위에 누워있을 시간
나는 붉고 매운 고추장을 버무린다.

하나가 되는 것

닳아질 만도 하지

젖 떨어지고 잇몸 사이
앙증맞게 도도 독 올라
먹을거리 똑똑 잘라
하얀 머리카락 날리도록
내 몸 살 찌워 왔으니
어이없이 툭 뒹굴 만도 하지

얼굴 면 보자기 씌워놓고
뻥 뚫린 잇몸 사이 파고드는
미세한 나사못의 촉감
감각도 없이 부어오른 입술과 잇몸
사알 살 아이스크림 입안에 녹여주니
소리 없이 통증도 부어오름도 다 사그라지고
나사못 품어 하나가 되네

해지는 저녁

아차 시계를 보니 4시 40분
주섬주섬 방한복을 입고 문밖을 나섰다

동지가 지난 지 일주일
하루사이 몰아친 한파가
내일은 영하 6.7도의 예보
내일 쉬더라도 오늘은 다녀와야지

바람 탱탱 거리는 횡단보도를 지나
언덕을 올라 산정의 체육공원 서너 바퀴
삼일기념탑 두어 번에 5시40분
발길 끊어진 공원
석양마저 스르르 눕고
구비 도는 길모퉁이마다
높 낮은 가로등이 일제히 켜지는 산길
나도 몰래 바쁘다

높지도 않는 산이 집 가까이 있음이
얼마나 고마운지
현관에 들어서는 등줄기에 땀이 베이는데

거울에 비치는 얼굴
뿌듯한 미소가 번진다

단비

전등불 끄고 창문 여니
별 하나
별 둘 셋
모처럼 별 넷까지
건너 아파트 꼭대기 모서리에서
반달까지 한 폭의 명화인데

불 같이 이글거리는 땅덩이
갈라진 논 밭
낙동강 녹조현상

해갈을 면해줄
단비는 어느 곳에 숨었는지
연일 폭염 속에
구름 한 조각도 없는 무심한 하늘
절로 한숨이다

스승의 날

저녁 늦은 시간
당신의 이름을 밝히는 전화 한 통

정년퇴임 하고도 18년이 지나고
담임교사도 아닌 교감시절 때의 여학생이
오늘 스승의 날
중후한 목소리로 불러주는 당신의 이름

당신은 3년 전 유명을 달리 했는데
한 세월 보내고
제자들 스승의 날에 돌아 보이는 여고시절의 기억

당신은 갔어도 여전히 당신의 제자들과
유대를 이어가고 있는데
오늘 아침 텔레비죤에서 스승의 날이 없으면
좋겠다는 각박한 말을 들었지만
살다보면 문득
비워진 마음 귀퉁이에서 떠오르는
추억들의 따뜻함도 좋을 텐데
나 또한 옛일들을 기억하고 있다

나무야 나무야

얼마나 버텨온 수목들인지
서늘하도록 하늘 가리며
줄줄이 선 위풍들
머잖아 온 산 흔들며
시퍼런 톱날에
토막토막 사라져 간다네

앵무새를 닮아 노래만 하는 자연환경
눈과 귀 막아버리고
각진 회색콘크리트 건물
줄줄이 하늘을 찌르게 한다네

시작은 쉬이 쉬
슬그머니 끄집어내는 건축허가증
욕심 하나 없이 주기만 하는 나무야
톱질에 풍비박산 흩날릴 씨앗들이여
욕망의 해갈에 눈먼 아귀들 외면하고
어느 골짝에 묻었다가
먼먼 훗날
지상의 선한 눈망울들을 위해
다시 한 번 푸른 버팀목이 되어라

태화강 대나무

눈 감으니
내 앞에 우뚝 서서
허리 구부려 보네

몸집은 삐쩍
세상 제일 키 큰 나무

축 늘어져
아는 체를 하며
그늘을 지우네
조용조용 노래를 불러주네

태화강 대나무 숲

하늘과 맞닿은
태화강 대나무 숲
십리 산책 길
사통팔방 막힘이 없네

꼼짝없이 어두컴컴 함께 어울려
몸부림치는 줄 알았지
사그락 울고 있는 줄 알았지
우리 좁은 길 어깨 맞대고 다닐 줄 알았지

겨우 일곱 여덟 그루한테 묶이어
나긋나긋 춤추며
허리를 척 걸치기도 하네

동네방네 구경 다 하겠네

산복도로

부슬비 질금
차창에 물방울 달고
촉박한 시간에 얹혀 달리는 길
다닥다닥 색색으로 붙은 모자이크 산복도로

어린 시절 한 때
좁은 계단 위로 무수히 찍었던 발자국
질척거리는 빗속에서도
넝쿨처럼 햇살을 쫓아
고개를 내밀던 해바라기
밤이면 작은 창으로
찬란한 별을 불러들였지

난데없이 불거진 자국 하나
제거를 위해 달리는 차창
스크린으로 오는 산복도로
등받이에 기대었던 몸 세워
다시 올려다본다

물리 치료

세 살짜리 우리 손자 베개만 하다
헐렁헐렁 딱 그만한 팥주머니 기워
10년도 훨씬 넘게 내 곁에 있다

여름이면 전자레인지에 2분
가을 겨울이면 3, 4분 데워
아픈 등허리 다리 배
어디든지 따뜻하게 대고 누워
살짝 잠들다 일어나면
어느새 아픈 곳 쉽게 사라져 주는
밤이면 일부러 미리 데워 눕기도 하는
유일한 나의 물리 치료법

오늘 새벽 잠자다 깨어 뒤척이다
또 다시 데워 이불 속으로 쑥 들어가
눈 부치고 나니 가뿐한 아침이다

겨울나무

긴 밤이 오고
눈비 내려도
지금은 수련 중
물 뚝뚝 물방울만 뚝뚝

기습적 한파
후려치는 바람소리도
제 속에 나이테 하나 그리며
푸른 잎 촉수 틔우려
벌거벗은 채
묵묵 팔만 벌리고 있다

위안처

길 건너 산 밑 숲길 옆
낡은 집 몇 채 헐어버리고
포크레인 땅 뒤집는다

소파에 등 기대면
사방 둘러 싼 아파트 사이 오직 한 곳
땅 끝에서 하늘까지
훤하게 보이는 숲

얼마나 막힐까
큰 돌 작은 돌 들어내고
구덩이도 막는 땅 무엇으로 거듭 날까

주인은 말할 것도 없고
이웃들 두루 살찌우는
푸른 숲 가리지 않는
노른자위 땅 되었으면

별안간 둑이 터지려는 듯
꿈틀거리는 오래 막혀있는 휴전선
저 음지의 햇살처럼

기억 속의 미소

울적했던 마음 털고
금강공원에 들어선다

어느새 키다리나무 꼭대기까지
초록 휘장이 둘러쳐 온통 푸른 잎사귀
그 아래 오솔길 일렬로 매달린
금낭화가 불 밝히고 있다

올챙이 뽀글거리는 연못 지나 돌다리를 건너고
아름 찬 소나무 감고 도는
목계단도 돌고 돌아 내려가 보니
만덕터널로 민가의 텃밭들이 즐비하다

오던 길 다시 올라
호젓한 숲길 모서리를 돌아서 보니
이영도 선생님 시조시비
오랜 기억 속의 언제나 타래머리
한복차림의 고운 모습
조용한 미소로 서 계신다

절영도

산복도로 흰여울
문화마을에서 내려다보니
어머니 마지막 이별했던 이송도
소주병 곁에 두고
여전히 먼 곳 바라보고 계신다

흰 파도가 찰싹
자갈밭을 간지럼 태우는데
봉긋한 어머니 가슴이 솟아오르고
어머니 닮은 내 가슴에 안 긴
첫 아이 젖을 물고 오동통 손가락으로
젖꼭지를 조물 거리던
그 아가가 아빠 되고
아비의 아가가 군 입대를 하는
이 여름

사라호 태풍에도 끄떡없던
손수 바르셨던 흙벽 담들
세월 다 묻어버린 채
여전히 고우신 우리 어머니

절영도 자갈밭에 앉아
먼 수평선 바라보고 계시네

신경성

언제부터였지 속이 더부럭
식사 때 넘기던 음식
목구멍에 걸려 있는 듯
식사 후 약 한 봉 입에 넣고 물 한 모금
됐다 싶었다가도 또 걸리고

생각이 생각을 파고드는 오래 고질적인 신경성
묵인하고 어르고 다독이면
제법 들어주기도 했었는데
이번엔 내가 끌려가고 또 끌려가는 지루한 싸움

올해는 건강검진 받는 해
정초에 검사 받아보자 예약했다

점심 식사를 하는데 스르르
저녁엔 수저가 입속으로 잘도 들락거린다

참 요상한 일
목구멍도 위장도 빗장을 벗겨 주었네
언제쯤이면 나의 신경성
스스로 다 초월할 수 있을까

제4부

죽어서 말하네

산새 소리

숲 깊은 오솔 길 돌고 돌아
통나무 걸친 외나무다리 건너
허리 구부정

비뚤비뚤 나무뿌리 계단 딛고
내려오는 해지는 저녁

제 짝을 잃었는지
산이 우는 듯 처량한 새소리

문득 골목골목 신작로
허둥지둥 저렇게 외치다
넋 잃은 듯 길가 퍼질러 앉기도 하셨겠지
모국어도 모르는 여섯 살짜리 딸
잃어버리셨던 먼 먼 날의 어머니

인지능력

열고 닫고
닫았다 열고 다닌 내 집 현관문
오늘 나가려니 문이 열리지 않는다
분명 손잡이는 열림 표시가 되어 있는데
힘껏 밀쳐 봐도 꼼짝 않는다

관리인이 밖에 서서
손잡이 위의 동그라미를 당겨보라기에
왼손은 밖으로 밀고
오른 손은 동그라미를 힘껏 당겨보니 문이 열렸다

전문기사가 도착하고 번호판도 고쳤다
습관대로 수동으로 비밀번호를 입력하니
번호가 틀렸다고 기계가 말한다
다시 한 번 천천히 눌러봐도 마찬가지
순간 눈앞이 뿌연해진다

아이들에게 물어보니 5년 전에 갱신한 번호를 말한다
머리를 갸웃하며 천천히 눌리니 문이 열렸다

어제 저녁 잠시 번호 갱신할 때가 생각이 났다
　새 번호를 잊지 말아야지 하면서 카드 대신 손가락으로
　번호를 눌려가며 어제까지 잘도 열고 닫기를 해 왔었는
데
　어찌된 일인가 언제부터였을까
　머리는 옛 번호를 기억하고 손가락은 새 번호를 사용해
왔으니

　이런 것이 치매의 증상인지
　사람이 이렇게도 살아갈 수가 있구나
　눈도 귀도 없는 손가락에 의지해
　내 집을 들락거릴 수가 있었구나

생각

여름 날 오후
오동나무 그늘에서 놀던 모녀
아가가 던진 조약돌에
풀잎 속에 돋아난 노란풀꽃
느닷없이 목이 부러졌다

비 오는 날
친구 따라 친구 집에 놀러갔다가
비 맞은 우릴 보고 느닷없이 던지던 말
형체 없는 폭력으로 어린 가슴에
오래도록 박혔던 생각이 난다

죽어서 말 하네

못 견디게 아픈 날 나무는
소리 없이 결 고운 제 살을 깎았네
제 살 속에다
하나 둘 구멍을 팠네
우툴두툴 제 아픔 쓰다듬다
제 손톱 세워 판 어둠의 구멍

그립고 안타까운 날 바람 불러
저도 몰래 주문 외우 듯 노래 부르면
구멍마다 울리는 공명의 소리
눈물은 돌아 피돌기를 했네
나무가 못 견디게 마음 아픈 날
소리 없이 제 살 속에 구멍을 팠네

산책길에 베어진 고목 한 그루
죽어서 말하네

소리가 난다

손 때 묻은 집
그도 아플 때가 있나 보다
외로울 때 있나 보다

혼자 불 끄고 누웠으면
문풍지도 없는데
이음과 이음 사이
들릴 듯 말 듯 떠는 소리
뼈 부딪치는 소리

불 꺼진 방
눈 감고 누웠으면
저도 잠 못 드는지
뒤척이는 소리가 난다

봄동

정이월 남해 들판
고개 들면 안 돼
땅 속 깊이 발 묻어 놓고
등 붙이고 납작 누워서
햇살 젖꼭지 꽉 물고 움찔움찔
땅 따먹기 하 듯
땅 심 올려 옆으로
옆으로만 뻗어
거칠 것 없이 겨울바람
밀쳐내는 새파란 이랑
봄과 겨울사이 남해 들판 봄동
한 철이다

홍매화 한 그루

하_
저 홍매화를 어쩌나

게으른 봄날
매화 마을의 매화들
미쳐 눈도 덜 비볐는데
햇살 아래 담장 가
홍매화 한 그루

저만 활짝
동네방네 벌떼들 다 모였네

벌침 하나 씩 꽂고
사생결단 머리 들이밀고 있는
저 소리
붉은 피 철철
홍매화 한 그루
이내 가슴 탱탱
꽃들 가여움이여

뒤안길

2021년 새 아침
해맞이조차 막혀버린 날
늦은 오후 행여나 나서보는 길
이미 노을은 사라지고
하나 둘
도로변 낮은 가로등 불빛만
땅거미를 헤집는다

물끄러미 어둠 속에 묻혀가는 차창 보다가
올려다 본 백밀러 속
멈춰선 짙은 회색구름 가장자리
퇴색된 진달래 꽃빛으로 스며져 있는
노을 한 가닥
단 하루도 피붙이 하나 지켜주지 못한
뒤안길에서
애닳은 허깨비 인생
소리 없이 사라져 간다

잃어버린 길

그는 지금 어둠이다
기쁨 속에
내리치는 벼락이 가슴에 박힌
아린 울림의 상처
안으로
안으로만 삼키던 우울한 날들
소리 없이 흐려져 가는 기억 속에 맴돌다가
빠져버린 깊은 맨홀
어쩔 수 없이 단절된 생활

잠겨져버린 길 찾을 수는 없고
손가락 다 꼽아도 회원의 길은 없어
안으로 해작이는 남도의 정취

별을 찾아 우러르던 창가
두터운 커-텐을 쳐 놓고
눈에 선한 푸른 물결 불러
쌓여진 퇴적들 토닥이고 있을
잃어버린 길 어둠이다

허망

그가 떠난 지 몇 달 되지 않았는데
호스피스 센트
수녀님의 반가운 전화

다시 복직하겠다고
밤마다 서성이며 손수
고가의 영양가의 국물
마시고 배설 또 마시고 배설하던 신사

웃음 속에서도 입만 배시시
신음조차 비치지 않던
고운 중년의 여인

끝없이 아내에게 쏘아대던
질투의 화살 석고상의 훈남까지
그 사이 망년자실
주소지를 하늘나라로 다 옮겨가셨다는 말씀
이 허망함

병실은 변함없이 가득 채워져 있다는 말씀이다

때로는 분출구

너의 잦은 회의가 무산된 시간
내게 주어지는 황금의 시간
굽이굽이 돌아가는 덕동호 풍경은 언제나 절경

석양 지는 경주 보문단지를 돌아
날리는 단풍의 가도는 바스락
가슴에 날개를 달아주는 가을의 향연

옥에도 티는 있지
순간적으로 불거지는 응어리들
토닥거리기도 했지

이제는 다 옛 얘기들
이 넓은 들판 청정의 지역
돌다보면 다 사라지고 가볍게
돌아올 수 있었으니

언제나 고마워
콧바람 쐬게 해주어서

감금 생활

며칠 째 감금 생활
생필품까지 택배로 부치는 아이들 성화에
그래 알았다 하면서도
이틀에 한 번 씩 뒷산을 오른다

하루는 얌전히 있다가 오늘은 또 나가는 날
종일 내리는 비가 더 부추긴다
배낭 속에 물병 장화까지 꺼내 신고 오르는데
오늘 또 확진자는 더 불어나고
비어진 산길 매화만 하얗게 빗길을 덮는다

그들이 헤집고 다녔던 동선의 동네
몸이 오그라진다
나뿐만 아닌 가족과 이웃들을 생각하며
이제는 정말 외출을 자제해야지
몸도 마음도 축축해진다

미망

어둠이 어둠을 더 한 자리
기어이 입원하셨다는 말씀
면회조차 금지된 자리
어떻게 지내십니까

어느 날 실태를 보여 준 실상
간병인이며 모든 손이 부족한 곳에서
고개를 돌릴 수밖에 없었던 안타까움
차마 할 말이 없었습니다
내일 또 어떻게 될지 알 수 없는 불안
잠시라도 편히 잠드시기를 바랍니다

폭염

소리 없는 폭격이다
마약 주사다

목이 마른 대지
풀 베는 노인
조는 듯 스르르
눈을 감았다

7,8월 밀짚모자에
호미자루 하나
그 것 뿐인데
살갗을 파고들며 헤집는 햇살
자근자근 면도날 씹어
후루룩 품어내는 유리파편인 듯
보이지 않는 화학무기다

기도

눈 뜨니 새벽 4시
창문 밀치며 하늘을 마주한다
북두칠성이 자리 잡고
크고 작은 별들 다섯 여섯
절로 미소

오늘도 감사하는 마음
가볍게 지낼 수 있도록
인도하여 주시옵소서

고양이 한 마리

약속시간이 임박
바쁜 걸음 사이로 쑥 들어오는
주택가 전봇대에 기대고 있는
뭉텅한 쓰레기 마대 두 엇
그 곁 햇살아래
입 쩍 벌리고 있는 볼박스 안
살찐 고양이 한 마리
쭉 뻗어 미동도 없다
순간 고개가 획 돌려지며
더욱 바쁜 걸음

감고 있는 눈 속
자꾸만 이지러진 고양이가
전동차 굉음 속으로 쏟아진다

내가 바라는 오직 한 가지

저녁 준비를 하다가
문득
왜 사는가
왜 살고 있는가 혼자서

신통한 답이 나오지 않는다
그러나 앞으로 살아갈 길은 정했다
마지막 그가 떠나고
모두가 바쁜 아이들에게 짐이 되지 않게
아프지 않고
잘 먹고 잘 지내야하는 것이 나의 일

삶이 언제까지인지 알 수가 없다
알 수 없으면서 살아야하는 세상
이왕 살아야할 일이라면
바른 정신과 밝은 마음으로 체력이 허락하는 한
하고 싶은 일들 즐거이 하며 건강하게 살기

어찌 어려운 일들 없을 수 없지만
마음 내려놓고 되도록 긍정적으로 생각하기

〉
떠날 때는 제발 잠자는 듯
작은 일에도 감사하는 마음으로 살아야지
마음 다지며 기도하기

뒷모습

공원에서 내려가는 가파른 길
한 손으로 반 쯤 채워진 손수레를 끌고
또 한 손엔 손가방을 들고 내려가는
노년의 뒷모습이 불안해
곁에 가서 가방을 손수레에 넣으시면
좋을 것 같은데요
옆에선 나를 보다가
그라믄 되겠네 웃으신다

설핏 손수레엔 물이 담긴
여러 개의 물병이 보였다

염색머리 단정하신 할머니
자식 집을 가까이 두고
독립해서 홀로 사신다는 아흔이신 분
긍정적으로 받아들이니
바라보는 시선이 편안해진다
아무쪼록 건강하시기를

회전의자

주인 모실 때
거드름 피우던 바퀴달린 회전의자
주인 떠난 뒤
우두커니 빈방 지키다가 탈바꿈
화분 물줄 때
화분 앉혀 나오고
집안에 들어온 생수며 무거운 물건들
제 자리에 척척

넓은 큰 쟁반 하나 안겨주면
한 상 차려
텔레비전 앞에 앉아
편안히 밥상 받는다

중고품이 차고도 넘치는 세상
의자면 어때
창가에 붙여놓고 책보다가
고개 들면 하늘보고 산보고 나무 보다가
오가는 사람들도 내려다보고
이러면 됐지 더 뭘 바래

아들은 지금
출장 중이다　　　김화자 시집 · 작가마을 시인선43

사는 일의 슬픔과 기쁨 사이에서 거니는

- 김화자의 시 세계

정훈
(문학평론가)

사는 일의 슬픔과 기쁨 사이에서 거니는

─ 김화자의 시세계

정 훈(문학평론가)

    김화자 시집『아들은 지금 출장 중이다』를 읽으며 시인이 현실을 어떻게 받아들이면서 살아가는지 알 수 있다. 그것은 슬픔이면서도 기쁨이다. 슬픔이란 생生이 저물거나 낡아가거나 허물어지는 것에 대한 감정이요, 기쁨이란 돋움과 움틈과 생기발랄함에 대한 감정이다. 이런 감정들은 비단 시인뿐만 아니라 대부분이 느낀다 볼 수 있다. 인간보편의 감정과 감성을 시인이 대신 말한다. 가족이나 삶의 터전을 둘러싼 온갖 배경들을 보고 겪으면서 솟아나는 마음의 물결을 언어로 남겨놓는다. 김화자의 시는 샘솟듯 솟아나는 상념들을 가만히 쓰다듬으면서, 그리고 그러한 자신의 마음결을 지켜보면서 인생의 희로애락을 노래한다. 그의 시는 시인의 마음에서 빚은 무늬이면서, 또한 어쩔 수 없이 토해 낸 넋두리이기도 하다. 따라서 독자들은 시를 읽으며 자신의 감정을 다시 확인하거나 앞으로 다가 올 생각들을 미리 확인하듯 낯설지가 않다. 쉬운 말로 보편적이고 소박한 감정들로 시의 색채를 수놓은 김화자의 시를 읽으면서 시인의 마음 한편을 들추고자 한다.

오래 갈중 난 도시
추적추적 빗물 내리신다

지상의 먼지들 다 씻어내고
온천천으로 스며들더니
하루 밤 사이 쾌청 맑은 물 출렁
숨 한번 크게 쉰다

연일 후려치는 한파특보에도
벗은 가지 맺힌
흰 매화가 활짝인데
한해가 넘도록 활개만 치는 코로나19
불쑥불쑥 쏟아져 나오는 이 징그러움

어쩌랴 조심조심 또 조심
언젠가는 밝은 날 웃을 수 있으리

－「겨울과 봄 사이」 전문

　　코로나19로 1년이 넘게 세상을 한숨짓게 하는 요즘, 모든 사람들의 마음과 몸이 무겁기만 한 세월에 시인 또한 매화 피는 계절에 상념에 잠긴다. 추운 날 내린 비로 온천천이 출렁거리거나 한파특보에도 활짝 핀 매화를 보면서 언젠가 다가올 밝은 날을 기다린다. 고통이 남기는 고름은 깊지만, 이 고름도 시간이 지나면 추억처럼 생각날 때가 있을 것이다. 세상은 변한 듯 변하지 않은 듯 무상無常한 그늘을 인간에게 남긴다. 자연은 쉼 없이 움직이고, 눈이 오고, 비가 오고, 그리고 꽃이 피어 사람들에게 선사하지만 사람들 심사에 응어리져 남아 있는 고단함과 상처는 쉽사리 물러가지 않는다. 그런데도 희망을 점치는 까닭은 무엇일까. 사람은 희망하고 기다리는 존재이기 때문이다. 희망이 있기에 사람은 살아갈 수 있기 때문이다. 가끔 헛된 기다림일 뿐일지라도 쉽사리 마음의 손을 놓지 않는 까닭도 여기에 있다. 추운 겨울이 지나고 봄을 알리는 계절의 전령이 우리가 사는 도시 한복판에 가득할 때면, 그동안 꽁꽁 묶어두었던 몸과 마음의 장막을 조금씩 들추면서 자연의 숨소리에 귀를 기울이고 싶어 한다. 겨울과 봄 사이에는, 밤과 아침 사이처럼 푸르른 여명이 놓여 있다. 가장 어두울 무렵이 가장 밝은 때가 당도할 무렵임을 시인은 알고 있다. 코로나19의 "불쑥불쑥 쏟아져 나오는 이 징그러움"이 지나가고 "언젠가는 밝은 날 웃을 수 있으리"라는 시인의 믿음은, 사실 우리 모두가 희망하는 믿음이기도 한 것이다.

> 낙엽 다 떨어지고
> 며칠 전
> 새 달력 걸었다 싶은데
> 정월 가고 이월
> 오늘 2월 28일 마지막 주일
>
> 바람이 세월 또한 날려버리는지
> 성벽 담벼락 밑엔 벌써
> 매화가 낙화로 애처롭고
>
> 코로나로 어렵다

어렵다 아우성인데

날짜는 왜 이렇게 빨리 가는지

손님 끊어진 가게 집세 낼 날만

눈 깜짝 또 닥치고

모든 것은 그대로 깜깜인데

계절만 가네 달려가네

– 「세월」 전문

앞날에 대한 믿음은 사실 그리 쉽게 얻어지는 게 아니다. 그 믿음을 얻기까지 숱한 한숨과 고난의 시간들이 물결치며 지나갔다. 「세월」에는 짐짓 세상을 아랑곳하지 않고 흘러가는 시간에 대한 서운함이 묻어 있는 것처럼 보인다. "눈 깜짝 또 닥치고 / 모든 것은 그대로 깜깜인데/ 계절만 가네 달려가네"처럼, 무심한 나그네처럼 곁을 스쳐 지나가는 세월을 원망스럽게 바라보는 시의 화자가 있다. 시간은 쏜살처럼 지나간다는 말이 그냥 나오지는 않았겠다. 이 세계의 시공간에서 사람들이 서로 치고, 박고, 싸우고, 울고, 웃는 사이에도 세월은 냉정하다. 시간이 우리를 돌보지 않는다는 뜻이 아니라, 시간은 결국 우리들이 마주한 이 세계마저 잔인하게 짓밟으며 뒤도 돌아보지 않고 흘러가 버릴 것이기 때문이다. 시간은 붙잡을 수 없다. 그렇기에 오지 않는 시간을 애써 불러 오게 할 수도 없거니와, 이미 지나간 시간의 얼굴에 고함을 치며 지금 내 앞에 대령할 수도 없다. 하지만 이 시간이 가혹하리만큼 냉정할수록 우리 인간의 삶은 그만큼 풍성해진다. 어제 같은 오늘, 그리고 오늘 같기만 할 내일이다. 그러니 우리가 시간을 들여다봄은 바로 우리 자신의 삶을 냉정하고 객관적으로 들여다보는 일과 진배없다. 그만큼 쉼 없

이 달려온 삶이요 역사다. 그러니까 "낙엽 다 떨어지고/ 며칠 전
/ 새 달력 걸었다 싶은데/ 정월가고 이월/ 오늘 2월 28일 마지
막 주일"이라는, 깜짝 놀랄만한 시간의 흐름 속에서도 사실 키
워내고 생산해내는 삶의 소중한 보람이 없을 리가 없다. 변하지
않을 듯하면서도 뒤돌아보면 성숙해진 자신의 내면이 엿보인
다. 시간은 순환하면서 다시 돌아오지만 결국에는 존재를 바뀌
게 한다. 이 냉엄한 진실을 알기까지 시간이라는 이름의 존재의
거름은 우리에게 계속 손짓을 했던 것이다.

저녁 준비를 하다가
문득
왜 사는가
왜 살고 있는가 혼자서

신통한 답이 나오지 않는다
그러나 앞으로 살아갈 길을 정했다
마지막 그가 떠나고
모두가 바쁜 아이들에게 짐이 되지 않게
아프지 않고
잘 먹고 잘 지내야하는 것이 나의 일

삶이 언제까지인지 알 수가 없다
알 수 없으면서 살아야하는 세상
이왕 살아야할 일이라면
바른 정신과 밝은 마음으로 체력이 허락하는 한
하고 싶은 일들 즐거이 하며 건강하게 살기

어찌 어려운 일들 없을 수 없지만
마음 내려놓고 되도록 긍정적으로 생각하기

떠날 때는 제발 잠자는 듯
작은 일에도 감사하는 마음으로 살아야지
마음 다지며 기도하기

- 「내가 바라는 오직 한 가지」 전문

　일상에서 문득 찾아오곤 하는 삶에 대한 의문과, 이러한 의문에 이은 내면적인 방향이 잘 드러나는 시다. "문득/ 왜 사는가/ 왜 살고 있는가 혼자서//신통한 답이 나오지 않는다/ 그러나 앞으로 살아갈 길은 정했다/ 마지막 그가 떠나고/ 모두가 바쁜 아이들에게 짐이 되지 않게/ 아프지 않고/ 잘 먹고 잘 지내야하는 것이 나의 일"이라 속삭이는 시인의 마음을 본다. 참 소박한 다짐이다. 젊은 날에는 열정 하나만으로 세상을 정복할 수 있으리라 믿곤 하지만 세상이 그리 호락호락하지가 않다는 깨달음을 얻는 중년이 지나면, 그저 싫든 좋든 자신이 처한 환경을 받아들이고 욕심도 부리지 않게 된다. 나이를 먹을수록 욕심을 부리는 사람들이 많은데, 이들은 아직 세월이 주는 세상의 이치를 깨닫지 못했다. 노욕이라는 말이 있다. 부귀와 명예에 대한 욕망, 그리고 이런저런 자리에서 명함을 내밀고 싶어 하는 심리 이면에는 자신의 존재가치를 아무도 알아주지 않는다는 자괴감이 놓여 있다. 그러니까 끊임없이 갈증에 시달리면서 자신의 존재가치를 증명하려하고 끝까지 마음에서 출렁이는 물결의 파고를 가라앉히려 하지 않는다. 그래서 추해 보인다. 시인은 그런 욕심을 부리지 않는다. "이왕 살아야할 일이라면/ 바른 정신과 밝은 마음으로 체력이 허락하는 한/ 하고 싶은 일들 즐겨야 하며 건강하게 살기"다. 여기서 "하고 싶은 일들"이란, 시작하고 싶었지만 미처 도전해보지 못했던 일들을 포함한다. 물론 시인도 남은 인생 동안 하고 싶었지만 하지 못했던 일들을 모두 해낼 것이라 믿지는 않을 것이다. 과거에 대한 미련도 없지 않을 테고 아쉬운 심정도 없지 않겠지만 남은 삶의 시간 동안 어떻게 하면 부끄럽지 않게 살아야 하는지 반성하는 태도를 엿볼 수 있다. "떠날 때는 제발 잠자는 듯/ 작은 일에도 감사하는 마음으로 살아야지/ 마음 다지며 기도하기", 이 마지막 연에 시인의 바람이 담겨져 있다고 해도 과언은 아니다. 작은 일에도 고마움을 느끼며, 그리고 마지막 숨을 거두는 때 고요한 표정으로 잠자는 듯 세상과 이별하는 꿈을 꾼다. 이러한 삶의 태도를 한 마디로 표현해서 '기도'라 할 수 있다. 자신의 안위를 위한 기도가 아니라, 남들에게 부끄럽지 않고 행복함을 안겨다주길 원하는 기도다. 보잘 것 없는 존재인 인간이 아무리 욕심을 부린들 신이 될 수 없듯이, 마지막까지 아등바등 생명의 미련을 버리지 않으려 애를 써도 결국에는 자연의 품속으로 돌아가게 마련인 존재가 바로 사람이다. 이런 사실을 생각하면 한없이 겸손해진다.

일상에 대한 긍정적인 마음이 김화자의 시로 하여금 따스함이 묻어나게 한다. 시인의 혈육이나 주변사람들에 대한 애정과 관심, 그리고 세계를 수락하는 넓은 품이 시에 고스란히 드러나 있다. 때로는 예기치 못한 상황에 슬픔과 마주하기도 하지만 시인의 마음 밑바닥에 고여 있는 따스한 품성이 시인으로 하여금 존재를 따뜻하게 받아들이고 품게 한다. 이런 의미에서 시인은 비극조차 온기 넘치는 드라마로 바꾸게 한다. 허무함이나 고독이 전혀 없지는 않지만 시인이 기본적으로 지향하는 세계관이 건강하기에 가능한 일이다. 시인은 식물성의 이미지로 가득한 언어를 선보이기도 한다. 이 세계에 흩어져 있는 만물을 하나의 온전한 생명으로 바라본다. 평화와 사랑이 세계에 가득하기를 바라는 마음이 나타난 것이라 보아야 할 것이다.

앞산 편백나무 숲속 가지치기 하는 날
진한 나무향기에 산이 잠기네

앞으로 옆으로 뻗은 제 몸 내어주며
풀어내는 향내
안으로 들이쉰다

나무가 내어놓은 숨결
내가 들이 쉬고
내 속을 돌아 걸러 나오는 탁한 숨
나무에게로 가는 회전의 한 몸

나무속에 내가 있고
내속에 나무의 숨결 있다

나무가 펼쳐놓은 그늘 밑을 걸어
별무늬로 오려진 하늘을 보네
푸른 냇물을 보네

밤마다 하늘과 소통하며

햇살 한 움씩 뽑아 내리는 숲속

아픔마저 제 속 무늬로 새겨놓은 나무

한없이 충전하네

– 「하나 되기」 전문

가지치기해 번지는 편백나무향과 시인이 하나가 되는 소재를 형상화했다. '하나'란 말은 참 묘하다. 숫자 개념으로만 보면 둘이나 셋 이상이 아닌 말 그대로 한 개의 뜻이다. 그래서 하나인데, 이 하나가 제공하는 다양한 의미 층을 생각해 본다. 쪼개지지 않고 한 몸으로 있는 상태이기도 하고, 차별 없이 하나로 똘똘 뭉친 상태이기도 하다. 그래서 하나는 편벽되거나 치우치지 않고 늘 그대로다. 그래서 오래 전부터 사람들은 그런 온전한 하나를 보기 위해서 애를 써왔다. 이 온전한 하나는 오직 하늘에만 있다고 여겨서 하늘에 계신 님, 곧 하늘님(하느님)이었다. 하나에 '님'을 붙여서 하나님이기도 하다. 하느늘, 하느님, 하나님이란 말에서도 유추할 수 있듯이, '하나'는 우리 인간이 영원히 추구해야 하고 찾고 그리워해야 하는 존재다. 굳이 종교적인 의미를 부여하지 않아도, 유신론자든 무신론자든 가릴 것 없이 우리 인간의 마음속에는 변하지 않고 영원한 그 무엇을 늘 그리워한다. 서로 다른 양태와 성질을 지닌 존재가 하나가 되는 일만큼 어려운 일도 또 있겠는가. 혈육을 함께 한 가족들끼리도 서로 마음이 달라 틀어지는 경우가 비일비재한데, 사람과 나무가 온전히 하나가 되는 일을 상상할 수 있겠는가. "나무가 내어놓은 숨결/ 내가 들이 쉬고/ 내 속을 돌아 걸러 나오는 탁한 숨/ 나무에게로 가는 회전의 한 몸"이라고 시인은 썼다. 나무는 나무일뿐이고, 나 또한 나일뿐인데 이 두 존재가 '숨'을 매개로 한 몸이 되는 일을 상상한다. 오직 상상 속에서만 하나가 될 수 있을까? 아니면 다른 성질을 지닌 존재지만 마음 하나만으로도 두 존재가 하나가 될 수 있을까? 시인은 이미 나무향기를 깊게 받아들이고 있으므로, 그리고 시인이 내뿜은 숨을 나무가 들이마시고 있다 생각하므로 벌써 하나가 되어 있다. 너와 나, 그리고 나와 너가 하나가 되고 한 몸이 되는 일은 생각만으로, 깊은 우주적 질서와 조화를 느끼는 것만으로 가능하지 않을까? 따라서 "밤마다 하늘과 소통하며/햇살 한 움씩 뽑아 내리는 숲속/ 아픔마저 제 속 무늬로 새겨놓은 나무/ 한없이 충전하네"의 의미가 훤하다. 사해동포四海同胞, 이제는 옛말이 되어버린 듯한 말은 오늘날에도 유효하다. 만물이 하나라는 인식은 너나 차별두지 않고 제 속으로 껴안는다. 그러니 평화가 절로 찾아온다. 시인이 전하는 마음도 이와 같지 않을까.

바람 부는 해지는 저녁
기다려주는 사람 없어도
헝클어진 머리 쓸며
종종걸음으로 찾아드는 나의 보금자리

현관문 열면 스스로 환해지는 불빛
바람소리조차 아득해지는 먼 이야기
등 붙일 수 있음이 행복이다

때로는 처진 어깨 기댈 곳 없어 허전해도
모든 일 마음먹기에 달린 것
스스로 부축이며 긍정의 길로 또닥이면

아직은 내 손길도 쓰일 때가 있을 것
한껏 위로하며 걸어가니
황혼 길도 아름다울 수 있네

– 「황혼 길도 가볍게」 전문

　모든 사람들이 행복을 찾는다. 그 행복이 아주 먼 데서 온다
고 믿는 사람들도 있고, 바로 곁에 있다고 믿는 사람들도 있다.
흔히 행복은 바로 곁에 있다고 말하기도 한다. 그리고 사람들은
그런 소박한 행복론을 믿으면서 작은 데서 행복을 찾기도 한다.
어떤 이들은 행복을 마치 물질적인 소유에 국한하기도 한다. 그
래서 남들이 가진 것을 시샘하거나 욕심을 낸다. 자신도 남들처
럼 높은 자리에서, 혹은 비싸고 안락한 주택에서, 그리고 명품
과 같은 희귀한 물질에서 행복을 찾곤 한다. 시인의 행복은 그
리 높은 데서도, 그리 먼 데서도 존재하지 않는다. "현관문 열
면 스스로 환해지는 불빛/ 바람소리조차 아득해지는 먼 이야기
/ 등 붙일 수 있음이 행복이다"고 한다. 등 붙일 수 있는 공간이
있다는 말은 집을 가지고 있다는 뜻 이외의 의미를 지닌다. 하
루의 일과를 마치고 난 뒤 포근히 몸 뉘일 수 있는 공간만 있으
면 된다는 의미다. 구체적으로 말하면 달리 욕심 부리지 않고
이 한 몸 건지고 있다는 사실 자체만으로도 행복의 조건이 될
수 있다는 말이다. 이런 마음의 충만함이 바로 아름다움이다.
"아직은 내 손길도 쓰일 때가 있을 것/ 한껏 위로하며 걸어가니
/ 황혼 길도 아름다울 수 있"다는 시인의 말을 되새긴다. 온전
히 살아있다는 존재성에는 연륜이 끼어들 틈이 없다. 났으니 결
국 돌아가는 게 우리 삶이다. 시인에게 행복과 아름다움은 달리
먼 데서 도래하는 게 아니다. 지금 이곳의 삶과 상태를 긍정하

는 일이야말로 시인에게는 행복이고 아름다움인 것이다. 이처럼 소박한 행복론을 김화자 시인은 품고 있다.

하늘이 푹 내려앉더니
반가워라 백설의 손님
휘휘 날리시며 오시네

천지가 눈 속에 갇혔어도 여긴 부산
먼 산만 보이더니
3월 중순 이제야 첫눈
삽시간에 교실 지붕이 백설이다

지난 해 눈 올 때도
우산 챙겨 곳곳마다
발 도장 찍으면서 즐겼는데
오늘은 입만 벙긋 눈도장만 찍는다

하늘 끝이 맑아진다 싶더니
오후엔 햇살이 쨍쨍
갈증 난 마음 녹이시고
이내 길 닦으시는 하나님
바라만 보는
황혼의 눈빛도 감사하다

― 「눈도장」 전문

춘삼월에 내리는 눈을 보며 아이와 같은 기쁜 마음을 표현한 시다. 재미있는 표현 가운데 하나는 눈이 그치고 난 뒤의 형상화다. "하늘 끝이 맑아진다 싶더니/ 오후엔 햇살이 쨍쨍/ 갈증 난 마음 녹이시고/ 이내 길 닦으시는 하나님"이라는 진술에서 독특한 형상 기법을 느낀다. 날씨에 대한 비유는 많이 있고 시인들 또한 수많은 자기만의 비유와 은유로 일기日氣의 변화를 나타낸다. 눈이 그치는 일을 갈증 뒤의 길 닦음이라 표현하는 시인의 솜씨가 흥미롭다. 김화자 시인의 시들에서 더러 나타나는 동심의 마음의 한 구절이라고 보면 된다. 삶을 너무 진중하게도, 그렇다고 너무 밝게만 바라보지 않고 순수하고 소박하게 바라볼 때 나오는 표현들이다. 이렇듯 시인은 세계가 인간에게 주는 환희와 기쁨의 순간을 놓치지 않는다. 때로는 슬픔에 잠기기도 하지만, 예고도 없이 다가오는 삶의 희망과 즐거움이 가져다주는 작은 의미라도 중요하게 받아들이는 마음이 바로 시인의 마음이 아니겠는가. 김화자의 시는 그런 점에서 시의 중요한 한 부분을 선취하고 있다고 본다.